子ども　詩のポケット　32

ひだまりの道

織江りょう

ひだまりの道《みち》

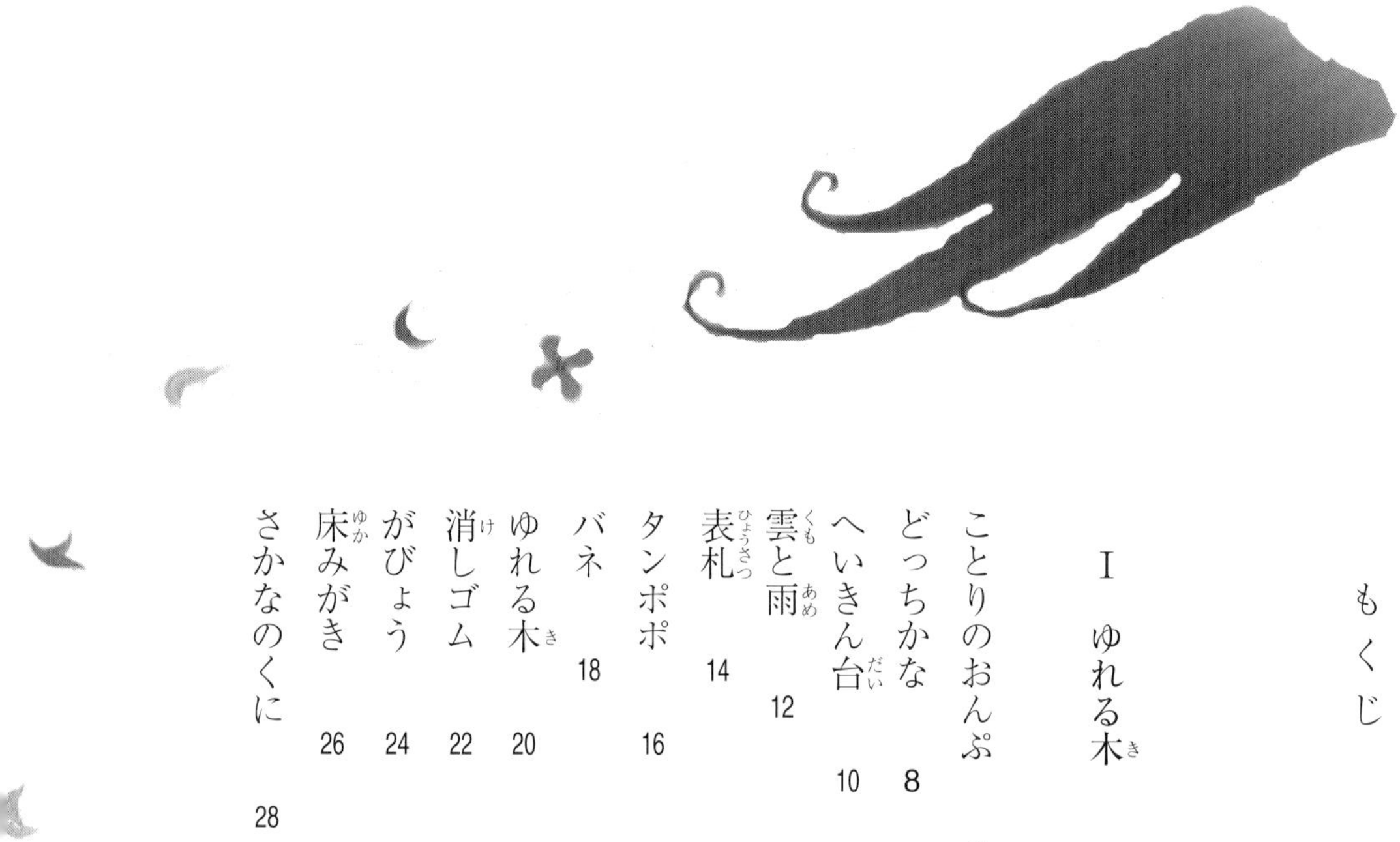

もくじ

Ⅲ　ひだまりの道《みち》

Ⅳ　宇宙《うちゅう》

Ⅰ　ゆれる木《き》

ことりのおんぷ

うれしい　うれしい
はる　です
たのしい　たのしい
はる　です
でんせんの　うえで
うたっています
ドレミに　なって
うたっています

ピピピピピ　チチチチチ
ピピピピピ　チチチチチ

うらら　うららの
はる　です
ねむーい　ねむーい
はる　です
そらの　なかで
ゆめみています
ドレミに　なって
ゆめみています

ピピピピピ　チチチチチ
ピピピピピ　チチチチチ

どっちかな

はたらきありって
いうけれど
なまけありって
いるのかな

はたらきばちって
いうけれど

なまけばちって
いるのかな

はたらきものって
いうけれど
なまけものって
いるのにね

はたらきものと
なまけもの
ぼくは　ぼくは
どっちかな

へいきん台《だい》

大《おお》きな
道《みち》ではないけれど
まっすぐな　まっすぐな
いっぽん道《みち》。
ほそい　ほそい
いっぽん道《みち》。
目《め》をつむっても
まよわない。

でこぼこ
道《みち》ではないけれど
あっちに　ゆらゆら
いっぽん道《みち》。
こっちに　ゆらゆら
いっぽん道《みち》。
目《め》をつむっては
わたれない。

雲《くも》と雨《あめ》

雲《くも》は
雨《あめ》の
おかあさん…
雨《あめ》は
雲《くも》から
うまれるの？

雨《あめ》は
雲《くも》から
おちてくるのに…
雲《くも》は
どうして
うかんでいるの？

雲《くも》も
あとから
みにくるの？
雨《あめ》が
どこにおちたか
しんぱいで…

表札《ひょうさつ》

どんなに　小《ちい》さく
書《か》かれていても
かならず　だれかが
みつけてくれる

〃みつけてくれて　ありがとう〃
一人《ひとり》ひとりに
お礼《れい》の気持《きも》ちを　つたえたい

どんなに　小《ちい》さく
書《か》かれていても
かならず　だれかが
みつけてくれる

〝やっとあえたね〟というように
みんなの顔《かお》から
やさしい笑《え》みが　こぼれてる

タンポポ

タンポポの　白《しろ》いたね
青空《あおぞら》の中《なか》、
タンポポ　タンポポ　っと
飛《と》んでいく。

咲《さ》きたいところに
咲《さ》きなさい！

太陽《たいよう》の　ひかりに
さそわれて、

タンポポ　タンポポ　っと
飛《と》んでいく。

咲《さ》きたいところに
咲《さ》きなさい！

庭《にわ》の　すみっこで
きいろく、
タンポポ　タンポポ　っと
咲《さ》いている。

咲《さ》きたいところに
咲《さ》いたの！

バネ

ぼくの　おとした
ぶひんの　バネ
ピョンピョンピョンと
はねた。

うれしくて　うれしくて
たまらないように
ピョンピョンピョンピョンと
はねた。

〝ぼくは　バネです〟
むねはって
ピョンピョンピョンと
きえた。

へやの　のはらに
ふくかぜ
うれしそうなこえ
のこして。

かえっちゃったんだ
うちゅうへ
うずまきせいうんに
なって…。

ゆれる木《き》

かぜが　ふいてる
木《き》が　ゆれてる
頭《あたま》の上《うえ》に　太陽《たいよう》がある
そして　ぼくがいる。

なんでもないことの
不思議《ふしぎ》…。
なんでもないことの
意味《いみ》…。

かぜが　ふいてる
木《き》が　ゆれてる
耳鳴《みみな》りの　ように
世界《せかい》が　鳴《な》ってる。

消《け》しゴム

消《け》してしまった
おわびにと
しずかに自分《じぶん》も
消《き》えていく
自分《じぶん》は　けっして
よくばらない
消《け》しゴム

かどがとれて
まあるくなって
ちいさなからだに
なっていく
どこまで　やさしく
なっていくの
消《け》しゴム

がびょう

花《はな》がしぼまないように
すみっこに　ちょっとだけ
とめてあげます。
じゃましないように…。

大輪《たいりん》の花《はな》が咲《さ》いて
みんなの目《め》が集《あつ》まってきます。
すみっこにいるぼくには
気《き》がつかないで…。

花《はな》を見《み》て　笑《わら》っています。
花《はな》を見《み》て　うなずいています。
ぼくはうれしくて
たまりません。

床《ゆか》みがき

磨《みが》いて磨《みが》いて
ピカピカにする
床《ゆか》みがきって
きもちがいいね
こころの中《なか》まで
きれいになって
いくようで…。

毎《まい》にち毎《まい》にち
ピカピカにする
床《ゆか》みがきって
きもちがいいね
あたらしい自分《じぶん》に
うまれかわって
いくようで…。

さかなのくに

どこまでいっても　うみ
いつまでいっても　うみ
どこにもみえない
こっきょうせん

あったら　いいな
ぼくらの　なかにも
こっきょうのない
あおいうみ

Ⅱ　おちば　と　はる

世界《せかい》

きんぎょ　きんぎょ
お外《そと》の世界《せかい》が
知《し》りたいの？
外《そと》の世界《せかい》にいる
ぼくだって
宇宙《うちゅう》のことは知《し》らないよ。

きんぎょ　きんぎょ
おうちが
狭《せま》いの？
外《そと》の世界《せかい》にいる
ぼくだって
ちいさなちいさな外《そと》の中《なか》。

ちょうちょむすび

くつのうえに
とまっている
ぼくのむすんだ
ちょうちょ
どこかへ
とんで　いきたいの

ああ　はるなんだね
ぼくの　はな
はるの　においで
くすぐったい

うれしそうに
とんでいる
ぼくのむすんだ
ちょうちょ
どこまで
とんで　いきたいの

ああ　はるなんだね
ぼくの　むね
はるの　においで
いっぱいだよ

あかちゃん

あかちゃん
うまれて　きたのね
だいすきな
おとうさんと
おかあさんの
いいところを
ぜんぶ　たして…。

あかちゃん
うれしくて　たまらないの
だいすきな
おとうさんと
おかあさんを
このうちゅうのなかで
であわせたことが…。

おちば　と　はる

おちばが　さらさら
ささやきます
〝やさしくね　やさしくね〞
これからうまれる
はるの　こに
やわらかな　うぶぎを
きせたいの

おちばが　きらきら
かがやきます
〝あか　き　オレンジいろよ〟
ねむりについてる
はるの　こが
あかるい　ゆめを
みられるように

みんなが　そわそわ
みています
〝もうすぐね　もうすぐね〟
ねむりについてた
はるの　こが
ぱちぱち　おめめの
あけるのを

いえたら　いいね

いえるかな
〝ありがとう〟って　いえるかな
いえたら　いいね
だれにでも

〝ありがとう〟って
お日《ひ》さまのくれた　ことばだよ
えがおが　まわりを
あかるくするの

いえるかな
〝ごめんね〟って　いえるかな
いえたら　いいね
だれにでも

〝ごめんね〟って
お月《つき》さまのくれた　ことばだよ
しずかに　おもいが
つたわるの

あかちゃんのゆめ

あかちゃんが
ねむってる
どんなゆめ　みているの
たのしい　たのしい
ゆめ　みているの
ときどき
くすくす　わらってる

あかちゃんが
ねむってる
どんなゆめ　みているの
うれしい　うれしい
ゆめ　みているの
ぼくも
くすくす　わらってる

花《はな》

やさしい言葉《ことば》が
花《はな》になる
君《きみ》の中《なか》で
ぼくの中《なか》で
いろんな色《いろ》の
花《はな》びらが咲《さ》く

うれしい気持《きも》ちが
花《はな》になる
君《きみ》の中《なか》で
ぼくの中《なか》で
おなじかたちの
花《はな》びらになる

いのちのおと

耳《みみ》をよせると
きこえるよ
木《き》のなか　ながれる
水《みず》のおと
むねのおくから
わきあがる
やさしい　この星《ほし》の
いのちのおとだよ

耳《みみ》をよせると
きこえるよ
木《き》のなか　ながれる
水《みず》のおと
たのしそうな
おしゃべりみたい
あたたかな　この星《ほし》の
いのちのおとだよ

いのり

ちょうちょは
ねるとき
ひろげたはねを
あわせます
わたしが　おいのり
するときのように…。

ちょうちょの
ねがいは
きっとみんなと
おなじです
あしたも　せかいが
かがやくように…。

カタクリの花《はな》

雪《ゆき》どけを
待《ま》ちながら
妖精《ようせい》たちが　編《あ》んでいます
細《ほそ》い指《ゆび》で　細《ほそ》い指《ゆび》で
夜露《よつゆ》が　花《はな》になっていく

細《ほそ》い糸《いと》を
伝《つた》わって
アリたちが　のぞきにきます
みんなの体《からだ》に　ぴったりの
紫《むらさき》の服《ふく》の　できぐあい

Ⅲ　ひだまりの道《みち》

えりまき

えりまきって
あったかい　はるの
つむじかぜ
くるくるくるっと
ふゆのさむさを
つつんでる

えりまきって
あったかい　はるの
つむじかぜ
くるくるくるっと
ぼくはのはらの
なかにいる

なみだ

なみだは
こころのうみから
やってくる
うれしいときも
かなしいときも
いつもいっしょ
ともだちのように

なみだが
こころのうみに
かえっていく
あめあがりの
そらのように
きれいなにじを
かけていく

わりばし

それは　なにかの予感《よかん》
ざわめいていた
森《もり》の木《き》たちが
いっせいに　静《しず》まります
わたしが　わりばし
パチンっと　わるとき

それは　なにかの合図《あいず》
木《き》に止《と》まっていた小鳥《ことり》たちが
さえずりながら
いっせいに　飛《と》び立《た》ちます
わたしが　わりばし
パチンっと　わるとき

さくらがい

しずかな　しずかな
つきのよる
ねむりについてる
うみのそこ
さくらがいは
おもいだす
むかし
はなびらだったこと

しずかな　しずかな
つきのよる
うちよせられた
しろいはま
はるのかぜが
おしえてくれた
むかし
はなびらだったこと

ともだち　たしざん

てをつなごう
てをつなごう
ともだちになって
てをつなごう
うれしいことが　ひとつずつ
ふえていく
ともだち　たしざん

てをつなごう
てをつなごう
ともだちになって
てをつなごう
かなしいことも　えがおのなかに
とけていく
ともだち　たしざん

ひだまりの道《みち》

ひだまりの道《みち》
はるの道《みち》
わかくさもえてる
はなの道《みち》

ひだまりの道《みち》
はるの道《みち》
どこまでもつづく
はなの道《みち》

ちいさないのちが
あふれてる
やさしい宇宙《うちゅう》へ
つづく道《みち》

ひだまりの道《みち》
はるの道《みち》
いっしょにいこうよ
この道《みち》を

かたぐるま

ぼくの頭《あたま》の上《うえ》
太陽《たいよう》が近《ちか》い
おとなになった　みたいだな
ずっとずっと
遠《とお》くがみえる
おとうさんの　かたぐるま

ぽつぽつ
電気《でんき》もついている
おかあさんの　待《ま》っている
あの家《いえ》に
とどくといいな
ぼくとおとうさんの　長《なが》い影《かげ》

こだまのように

はるのこが
かぜに　のって
あそんでいる。

いたずら
したくて　したくて
たまらずに。

草《くさ》の芽《め》さわって
くすくす　わらって
にげてった。

わらいごえ
そらの　なかに
こだまして…。

うさぎのみみ

うさぎのみみは
プロペラみたいに
クルクルまわる
そっと　はねたら
いまにも
あおい　そらにうかんで
しまいそう

うさぎのみみは
レーダーみたいに
クルクルまわる
ずっと　とおくから
きこえるよ
あかちゃんと　おかあさんの
はなしごえ

ノート

すべる　すべる
えんぴつが　すべる
すいすい　すべる
ノートの上《うえ》

白《しろ》いページは
スケートリンク

3回転《かいてん》ジャンプ
高速《こうそく》スピン　大成功《だいせいこう》
すいすい　すべる
えんぴつのあと

ことばの花《はな》が
咲《さ》いていく

せんたくき

まわる　まわる
おとうさんの　ワイシャツ
おかあさんの　エプロン
ぼくの　くつした
ぐるぐる　まわる
どれがいちばん　はやいかな
せんたくきの
すいえいたいかい！

まわれ　まわれ
おとうさんの　ワイシャツ
おかあさんの　エプロン
ぼくの　くつした
ぐるぐる　まわれ
みんなみんな　てをつなげ
いっしょになって
ゴールイン！

ながぐつ

あめあがりの
みずたまり
ちいさなそらが
ありました。

きらきら
きらきら
おちていきそうな
そらでした。

うれしくて
ピチャピチャピチャピチャピチャ
おそらのなかを
かけていく。

メロン

みどりの野原《のはら》に
ひかれた線《せん》は
神様《かみさま》の描《えが》いた地図《ちず》
しあわせへつづく白《しろ》い道《みち》

ぼくも指先《ゆびさき》で
たどってみる
秘密《ひみつ》の迷路《めいろ》
しあわせへつづく白《しろ》い道《みち》

Ⅳ

宇《う》宙《ちゅう》

星《ほし》

夜《よる》が　とても
くらかったので
神様《かみさま》が目印《めじるし》に
まいたのだろうか
ひかる花《はな》を。

夜《よる》が　明《あ》けると
つぼみになって
空《そら》のなかで

ねているのだろうか
ゆめをみながら。

ぼくって

ぼくは　ぼく
でも
ぼくの　なかに
みんなが　いる
おとうさんや
おかあさんや
おじいちゃんや
おばあちゃんや
ともだちが

ちょっぴり
よくばりなのかな
ぼくって

ぼくは　ぼく
でも
みんなの　なかに
ぼくも　いたい
おとうさんや
おかあさんや
おじいちゃんや
おばあちゃんや
ともだちの

ちょっぴり
よくばりなのかな
ぼくって

原点《げんてん》

かみさまが
ぼくたちのために
用意《ようい》したんだろうな
この宇宙《うちゅう》の　この地球《ちきゅう》の
はじまりを…。

おとうさんと
おかあさんが
用意《ようい》したんだろうな
ぼくのために　この人《ひと》たちの
やさしさを…。

温度計《おんどけい》

誰《だれ》も
触《さわ》っていないのに
上《うえ》と下《した》に
いったりきたりの
赤《あか》い棒《ぼう》
自分《じぶん》の行《い》く場所《ばしょ》
探《さが》しているの？

自分《じぶん》の
居《い》る場所《ばしょ》見《み》つけたら
〝ここですよ〟と
じっとしている
赤《あか》い棒《ぼう》
ぼくが見《み》るまで
じっと待《ま》っててくれる？

あめとゆき

あめは
いきを　しているの
はくいきが
つめたくなって
しろい　ゆきに
なっていくの

あめは
ゆきに　なっていくの
じめんが
よごれないように
しろく　しろく
そめていくよ

はかり

星《ほし》と星《ほし》の
きょりを　はかる
ものさしのように
ともだちどうしの
こころの　きょりは
はかれるの？

石《いし》の
おもさを　はかる
てんびんのように
ひとりひとりの
いのちの　おもさは
はかれるの？

心《こころ》の
ひろさを　はかる
いれもので
ぼくたちの　やさしさと
こころの　ひろさを
はかりたい

ひらいた

だいすきな　おかあさんを
みたいの？
　ひらいた　ひらいた
　　あかちゃんの　おめめ

だいすきな　おかあさんに
ふれたいの？
　ひらいた　ひらいた
　　あかちゃんの　おてて

だいすきな　おかあさんと
おはなししたいの？
　ひらいた　ひらいた
　　あかちゃんの　おくち

だいすきな　あかちゃんが
わらっている
　ひらいた　ひらいた
　　おかあさんの　おかお

つぼみ

あかちゃんの手《て》は
つぼみ
おかあさんの手《て》に
つつまれて
花《はな》のように　ひらいていく

あかちゃんの手《て》は
つぼみ
おかあさんの胸《むね》に

だかれて
花《はな》のように　ひらいていく

あかちゃんの手《て》は
つぼみ
ひらいたその手《て》のひらで
どんな
いいこと　つかむの

ぼくらの地《ち》球号《きゅうごう》

ぽっかり　宇宙《うちゅう》に
うかんでいる。
ぼくらの地《ち》球《きゅう》が　うかんでいる。
いろんないのちを　のせながら
ぽっかり　ぽっかり
うかんでいる。

ぽっかり　宇宙《うちゅう》に
うかんでいる。
ぼくらの地球《ちきゅう》が　うかんでいる。
みんなのゆめを　のせながら
ぽっかり　ぽっかり
うかんでいる。

ぽっかり　宇宙《うちゅう》に
うかんでいる。
ぼくらの地球《ちきゅう》が　うかんでいる
何億光年《なんおくこうねん》むこうの　星《ほし》たちと
とおくにいても
つながっている。

宇宙《うちゅう》

ひとは宇宙《うちゅう》
一《ひと》つひとつが大切《たいせつ》な
ひとつの宇宙《うちゅう》
幾百億《いくひゃくおく》・幾千億《いくせんおく》の宇宙《うちゅう》のひとつ
数《かぞ》えきれないほどの星雲《せいうん》のなかで…。

ぼくは宇宙《うちゅう》
ちいさいけれど大切《たいせつ》な
ひとつの宇宙《うちゅう》

この星《ほし》でひかりかがやいている
数《かぞ》えきれないほどの宇宙《うちゅう》のひとつ…。

深呼吸《しんこきゅう》してみる
ああ　無数《むすう》にかがやくいのちたちが
そっと瞳《ひとみ》を上《あ》げて
ぼくを
見《み》たような気《き》がする…。

あとがき

わたしたちは、どこか遠い世界からやってきたのでしょうか?しばらくの間、おかあさんというやさしい宇宙に抱かれながら…。生まれてくるその時を待っていたのかもしれません。そうしてきっと何かの役目をもってこの世界に生まれてきたのでしょう。わたしたちにも分からない、とても大きな力に導かれて。

なんということでしょう、この輝きは。目を開くと、そこにはまぶしいほどの明るい世界が広がっていました。地球というこの星に生まれてきた瞬間です。空がありました。風がふいていました。たくさんの草花がゆれていました。おとうさんとおかあさんの目がありました。そうして、わたしたちはこの星の一部になったのです。

この世界に生まれた時から、わたしたちは何かを思い出したように、自分に与えられた役目を探すための旅に出るのかもしれません。いいことばかりではないし、長い時間がかかります。でもどんなときでも、わたしたちの上には太陽が輝いているし、遥かかなたにまで宇宙はつづいています。

心の中には、きっと一人ひとりの大切な「ひだまりの道」があるのだろうと思いながら、その道をあなたといっしょに歩いていけたらうれしいと思うのです。

童謡集「ひだまりの道」は、一部を除き二〇〇四～二〇〇八年の五年間にわたって創作した作品を基に編纂した、第一童謡集「みんなの地球」につづく第二童謡集です。

出版にあたって、師である矢崎節夫先生に、ご多忙中にもかかわらず多くのアドバイスをいただきました。まだまだ未熟な点も多く今後に研鑽を重ねていきたいと思っています。ご縁がありまして今回絵を描いていただいた、とどろきちづこ様には快くお引き受けくださって本当にありがとうございました。また、てらいんくの佐相様には原稿が遅くなりましたことをお詫びするとともに最後までお付き合いいただいたことに感謝いたします。

織江　りょう

この本を病床の母とそれを支えてくれている妻に捧げます

織江りょう（おりえ　りょう）

本名　杉下邦彦
1951年生まれ。東京出身。
早稲田大学第一文学部心理学科卒業。童謡詩人。
日本児童文芸家協会会員
著書に『みんなの地球』

とどろきちづこ

1967年神奈川県生まれ。
多摩美術大学油画科版画専攻を卒業後、玄光社ザ・チョイス年度賞入賞。これをきっかけにフリーのイラストレーターとなる。個展、グループ展、過去数回開催。ＮＨＫみんなのうた　オープニングタイトルバックのアニメーション（1997～2002)、小学校2年生国語の教科書（光村図書)、小学校5年生国語の教科書（東京書籍）他、本の装画を多数手がける。

子ども　詩のポケット　32
ひだまりの道《みち》
織江りょう童謡集

発行日　二〇〇九年四月二十日　初版第一刷発行
著　者　織江りょう
装挿画　とどろきちづこ
発行者　佐相美佐枝
発行所　株式会社てらいんく
〒二一五-〇〇〇七　川崎市麻生区向原三－一四－七
ＴＥＬ　〇四四－九五三－一八二八
ＦＡＸ　〇四四－九五九－一八〇三
振替　〇〇二五〇－〇－八五四七二
印刷所　厚徳社
2009 Printed in Japan

ISBN978-4-86261-036-2 C8392